LA
COMÉTE,
CONTE EN L'AIR.

par M. Selis Dixmerie.

LA COMÉTE,

CONTE EN L'AIR.

ON tremble encore à Pékin de certaine Prophétie Astronomique, tant l'Astronomie est réverée à la Chine. Cette Nation qui se pique de sçavoir tant de choses, & depuis si long-temps, raisonne aussi facilement sur les Corps Célestes, que nous, sur la jambe & le pied d'une Danseuse. L'Almanach Chinois est le doyen de tous les Almanachs; les Astronomes Chinois sont les meilleurs Astrologues de la Terre, si l'on en excepte ceux de Liége. En un mot, les nouvelles du Firmament ne ſont pas moins authentiques à Pékin, que celles des foyers ne le ſont à Paris.

On ſçut donc, de ſcience certaine, dans la Capitale de la Chine, qu'une Comète menaçait de loin le Globe que nous habitons; qu'elle allait le rencontrer dans le nœud de ſon orbite; & qu'il en réſulterait ou une inondation, ou une calcination, ou une vitrification. Une pareille alternative eſt peu conſolante, & ceux qu'on avait mis dans le ſecret, trouvaient que cette confidence leur était à charge.

On n'en ſoupçonnait rien encore chez Aradmé, jolie femme d'un des principaux Mandarins de la Cour. Elle tenait cercle, & déja l'on avait épuiſé la Chronique du jour, tout le perſiflage du temps, tous les *ſi* & les *mais* de la calomnie ; la Liste entière des Nouveautés *du petit Dunkerque*, &c. lorsqu'on vit arriver subitement certain Lettré, pâle, essoufflé, oppressé, haletant, & ayant l'air de vouloir dire bien des choses, sans pouvoir en dire une. Ah ! Madame ! s'écria-t-il enfin ; avez-vous oui parler de la Comète ? Monsieur, lui dit-elle, j'y ai joué quelquefois.--Ceci n'est point un jeu, Madame : vous ne sçavez donc pas qu'il nous arrive une Comète ?---Elle ne m'a point fait part de son arrivée.--Trève de raillerie, Madame : apprenez que cette Comète est environ dix fois plus grande que notre Terre, & qu'elle pourra bien la traiter comme les Grands traitent les petits.---Entre elles le débat.---Oui ; mais, Madame, si notre Terre est reléguée je ne sçais où, ne voyez-vous pas que nous partagerons cet exil?---Hé-bien ! Monsieur, nous voyagerons dans les airs : quel mal y aurait-il qu'on nous rapprochât un peu de Vénus?-- Vous raisonnez en personne de votre sexe, Madame, reprit le Lettré ; mais des saillies ne nous garantiront pas du coup de queue de la Comète, ou des tristes influences qu'elle nous prépare, si sa queue nous épargne.--- Mais, reprit une jeune Veuve qui n'avait rien dit encore, la queue d'une Comète est donc bien à craindre?---Beaucoup, Madame, beaucoup : Cette queue est capable d'incendier une partie de notre Globe ; & vous sçavez, Madame, que l'incendie se communique. Il faut avouer, reprit la jeune Veuve, que l'expérience est une belle chose.---Mais, sage Lettré, dit alors un homme qui avait l'expérience du calcul numérique, vous dites que cette Comète pèse dix fois plus que la Terre ; en ce cas elle ne peut la rencontrer ; nous aurons l'honneur de planer au-dessus d'elle ; car jettez, si vous pouvez vous y résoudre, un lingot de six livres d'or, & un de soixante, dans un puits ; certainement le plus gros lingot atteindra le fond avant l'autre. Le grand *Tien* me préserve, ajouta-t'il, d'en vouloir tenter l'expérience ! Mais je n'en suis pas moins convaincu du résultat.

Seigneur, reprit l'Astronome, on n'a pas encore bien défini la nature des Comètes. Les uns nous disent que ce sont des Mondes que quelque accident a dévoyés de leur premiere route ; les autres, que ces masses sont uniquement faites pour servir de pâture au Soleil ; d'autres, qu'au lieu de nuire à notre Monde ; elles l'alimentent par leurs exhalaisons & leurs influences. Pour moi, je les regarde comme les oiseaux de proie du Firmament. Elles en parcourent toute l'étendue, sans suivre une route bien déterminée ; parce qu'un Chasseur, ni un Vautour, n'en suivent pas une pour l'ordinaire ; mais ils saisissent leur proie où ils la rencontrent ; & voilà ce que fait une Comète lorsque, par hazard, quelque Monde lui tombe sous la queue *.

On rit d'abord, comme c'est l'usage, des raisonnemens du Physicien ;

* Un célèbre Astronome Anglais, (M. Halley,) prétend que la Comète de 1680 s'approcha tellement du Soleil qu'elle en fut échauffée deux mille fois plus qu'un fer rouge. La rencontre ou le voisinage d'une pareille Comète serait bien dangereuse pour le Globe le plus froid, ou le plus aquatique.

mais comme ils étaient effrayans, on finit par craindre qu'il n'eût raison. Eh! dans quel tems arrivera cette fâcheuse Courriere, demanda quelqu'un, à l'Astronome? Dans huit jours, répondit ce dernier. Eh! pourquoi ne pas nous en avertir plutôt, reprit le questionneur? On eût au moins pris ses mesures. Sans doute! ajouta un jeune Lettré qui venait là pour lire un Drame Lyri-Comi-Tragi-Gothi-Burlesque. Pensez-vous que moi, par exemple, j'eusse pris la peine d'achever ce morceau qui devait faire révolution dans le goût, si j'eusse prévu qu'il dût en arriver une sur le Globe? L'ouvrage est fait & parfait, & il va manquer d'Auditeurs. Dans tout ce que je fais j'ai la postérité en vue, & l'on m'enleve la postérité! Ah! si je l'eusse prévu, je me serais borné à végéter comme tant d'autres. Ah ! mes Ouvrages, mes Ouvrages ! Le tems ne vous eût jamais survécu ; mais il meurt trop tôt pour vous !

Le Millionnaire songeait à son or. C'était bien la peine, disait-il, de m'être privé de tant de choses pour enrichir une Comète ! J'eusse bien mieux fait d'enrichir trois ou quatre Danseuses, quoiqu'au fond il soit assez difficile d'en enrichir une.

La jeune Veuve regardait certain jeune Mandarin, qui la regardait aussi. Ils se rapprocherent, & elle lui tint ce discours pathétique : Nous nous sommes aimés trop tard ; nous aurions dû y songer plutôt. Que deviendra notre petit voyage à la Campagne ? Cette malheureuse Comète le dérange absolument. Il faut la gagner de vitesse, répondit le Chinois. Ah ! si vous saviez, reprit la jeune Veuve, combien ces Comètes font de chemin en peu d'heures! Vous verrez qu'elle arrivera toujours trop promptement.--- Après tout, Madame, interrompit le Mandarin, lorsqu'on n'a rien d'ailleurs à se reprocher, on n'est point garant de l'arrivée d'une Comète! Ils sortirent après ce court entretien, & l'on ignore quelles en furent les suites.

Il y avait dans ce même cercle un Couple augustement Epoux, & solemnellement fidèles au serment conjugal. Ce Couple rare avait le privilége d'être frondeur, & en usait peu sobrement. Je ne suis pas étonné, disait le Mandarin de Robe Graventout-Zé, si tout se confond dans les Cieux; il y a long-tems que tout est confondu sur la Terre. Est-il étonnant qu'une Comète vienne empiéter sur le district de notre Globe, lorsque tant de *Merveilleux* & de Coquettes ne respectent nul district? Au moins devrait-il y avoir une exception pour ceux qui se renferment strictement dans le leur. Il resterait au Monde bien peu d'habitans; mais la Société n'en vaudrait que mieux; & moi, qui vous parle, j'aurais certainement l'honneur d'être de cette nouvelle Société. — Et moi aussi, ajouta l'Epouse fidelle de Graventout-Zé. Hélas! oui, reprenait celui-ci entre ses dents; vous êtes bien la plus sage & la plus ennuyeuse de toutes les femmes. Celle-ci, en même temps, disait tout bas: il est assez triste de vivre avec Graventout-Zé; mais enfin il vaut encore mieux vivre avec lui que d'être étouffée par une Comète.

Un bruit fâcheux est toujours

prompt à se répandre. La Renommée a cent voix pour publier les nouvelles qui nous affligent ; elle n'en a qu'une pour annoncer celles qui nous consolent. On entend le bruit du Tonnerre de dix lieues à la ronde ; & le doux son d'une Flûte est à peine entendu à vingt pas. On sçut bientôt dans tous les quartiers de l'immense ville de Pékin que le Monde allait finir ; & cette Ville, qui est elle-même une sorte de Monde en raccourci, éprouva dès-lors une forte commotion. Que de projets déconcertés ! Que de cabales sourdes vont expirer sourdement ! Eh ! que deviendront les *trois Siécles de la Littérature Chinoise* ? C'était bien la peine de juger trois Siécles pour ne pas survivre au sien ! *Le Temple de la Critique* (a)

(a) On demandera, sans doute, qu'est-ce que le

allait donc être renversé par une Comète, s'il ne se fût déjà écroulé de lui-même ?

Le *Ménage Chinois* va donc être dissous ? Hélas ! il ne faisait que de naître ! Pourquoi le troubler ? Il n'eût jamais causé aucun trouble. Quiconque fait un mauvais ménage, en est assez puni sans que l'ordre du Firmament se dérange pour le punir.

Cependant on calculait chaque jour la marche de la Comète ; on mesurait la grosseur de sa masse, la longueur de sa queue ; sa direction, sa divergence. On raisonnait sur les Comètes comme on raisonne sur la Politique, & sur tant d'autres matières

---

Temple de la Critique ! .... C'est l'Ouvrage de certain petit Candidat, aspirant au titre de Lettré. Cette malheureuse Production le fit pour jamais exclure du grade auquel il aspirait.

qu'on possede également bien. On criait, on cabalait, on invectivait selon l'usage. Il se formait des Partis sur la nature des Comètes, comme il s'en forme sur tout ce qui peut occuper les Oisifs. On détestait, on calomniait également ceux qui étaient du parti opposé, & ceux qui n'étaient d'aucun parti. Quelques Avocats tenaient des Libelles tout prêts, attendu qu'à la Chine les seuls Avocats peuvent écrire & imprimer des Libelles (*b*).

D'autres Citoyens qui n'écrivaient ni ne disputaient, n'en étaient pas plus tranquilles. Les uns dans le péril général n'envisageaient que leur péril

---

(*b*) Ce droit précieux s'acquiert à peu de frais dans trois ou quatre Universités de la Chine. On y fait un petit voyage, on y porte une petite somme, & l'on en reviens muni d'un Brevet de Docteur & de Satyrique.

particulier ; les autres , & c'était le moindre nombre ; , s'occupaient du péril de leurs amis ; quelques femmes ; du péril de leurs Amans ; quelques-unes même ; de celui de leurs Epoux. Ce ſerait pourtant dommage que ce pauvre Orang - Ti fût noyé, brûlé ou étouffé , diſait ſa femme Adella ! Nous ſommes très-bons amis depuis que nous ne nous aimons plus ; & maintenant que nous vivons ſéparés ; je ſerais au déſeſpoir de le perdre.

En vérité, diſait Orang-Ti, Adella eſt bien la femme qu'il me faut, puiſqu'elle daigne preſque oublier qu'elle eſt ma femme. Ce ſerait dommage qu'une Comète vînt briſer une chaîne ſi paiſible & ſi légère !

Rien n'eſt plus mauſſade ! s'écriait un Petit-Maître Chinois ; j'ai entamé depuis deux jours une affaire avec Alzamé, & c'eſt tout au plus ſi cette maudite Comète nous laiſſe le tems de conclure.

Une Chanteuſe des Chœurs déplorait ſa deſtinée. Quoi? diſait-elle, huit jours m'auraient ſuffi pour enchaîner ce Milord nouvellement débarqué du Japon. Je l'emportais ſur toutes mes rivales. Déjà nous étions d'accord ſur le nombre de laquais & de chevaux que je pourrais me donner, d'Amis que je pourrais recevoir, de vapeurs & de maux de tête qui pourraient me ſurvenir. Eh! point du tout! voilà qu'une jalouſe Comète vient bourleverſer nos arrangemens. Sans elle, je réponds de moi, je ſuis bonne Chinoiſe; j'euſſe, en moins de ſix mois, rendu notre riche Milord moins pécunieux qu'un Cadet de Béarn (c).

(c) Province ſituée au Midi de la Chine. Elle eſt très fertile en Cadets.

Quant à moi, disait un jeune Mandarin d'armes, ruiné par le jeu, les chevaux & les coulisses, je trouve que j'ai assez bien calculé, & que la Comète quadre au mieux avec mes arrangemens.

Que maudite soit cette Comète ! s'écriait certain Personnage, grand Amateur de nouveaux Edifices. J'ai vendu toutes mes Terres pour me construire une demeure digne de moi : l'Edifice est à peine achevé, & voilà qu'une Comète vient le détruire ! Autant vaut le céder à mon Architecte, à qui je dois tous ses honoraires. Lui-même, d'ailleurs, semble avoir prévu le peu de durée de notre Monde, vu le peu de solidité qu'il a donné à ma Maison. Il paraît que depuis quelque tems presque tous nos Architectes sont persuadés que la fin du Monde est prochaine.

Un Orateur élégant regrettait des phrases qu'il venait de symmétriser. Son Discours ne devait être prononcé que dans un mois ; & dans un mois, disait-il, ce Monde ne renfermera ni Orateurs ni Auditeurs. Non, rien n'est plus contraire aux progrès de l'Eloquence qu'une Comète !

Hélas ! disait un Machiniste, pourquoi nous a-t-on si tard prédit cet événement ? J'ai tant créé de Machines d'un effet miraculeux ! J'en eusse créé une qui eût traité la Comète comme Archimède traitait les Vaisseaux Romains. Il ne demandait qu'un levier & un point d'appui pour soulever notre Monde ; & moi je ne demanderais que du tems pour balotter cette Comète dix fois plus pesante que ce même Monde.

Quelques jeunes Mandarins qui

excellaient à conduire un Char de paix, s'exerçaient alors à conduire des Bateaux. Il faut, disaient-ils, varier ses talens suivant les circonstances. Nous voilà menacés d'un Déluge ; les Cabriolets, les Diables ne sont plus de saison. Une barque de Pêcheur sera préférable au Char de notre Impératrice. Hé-bien ! nous étions des Cochers merveilleux, nous deviendrons d'excellens Bateliers.

Grace au Ciel, disait un célébre Méchanicien, j'avais prévu cet évenement. Voici le triomphe de mon Cercophage. Avec lui, je ne crains pas le Déluge, & je puis en affranchir une partie du Genre-humain. Il y a, je l'avoue, quelque choix à faire. Combien de Gens dignes d'être noyés ! Tels sont en particulier les Envieux, les Critiques, les Ennemis du Calcul, & les Détracteurs du Ventriloque. Tombe la Comète sur ceux qui ne croiront pas à cette merveille, & qui ne liront pas les deux robustes volumes qu'elle m'a suggérés.

Pour moi, disait un grand Philosophe, arrivé de Tranquebar, je me console de cet événement : il s'est déjà, sans doute, renouvellé plus d'une fois, & ce ne fut pas tant-pis pour le Monde. L'Homme, toujours enclin à s'éloigner de l'état de pure nature, a, de tems à autre, besoin qu'on l'y ramène. Grace au Ciel & à la Comète, nous n'aurons plus ni Poëtes, ni Orateurs, ni Sculpteurs, ni Peintres, ni Palais, ni Spectacles, ni Musique Chinoise. L'Homme redeviendra ce qu'il doit être, jusqu'à ce que de nouveaux moyens le pervertissent de nouveau; & qu'une nouvelle Comète restitue encore une fois à la nature ce que des Arts pernicieux auront usurpé sur elle.

Un Physicien qui, par maniére d'acquit, s'amusait à créer le Monde, regrettait beaucoup qu'une Comète vînt déranger un si bel édifice. On a beau faire, disait-il, tout systême a son côté foible ; & le mien, d'ailleurs, était si fort, qu'il ne fallait rien moins qu'une Comète pour le renverser.

Ah ! mes Coquillages ! mes Coquillages ! s'écriait un Amateur de l'Histoire Naturelle. Quoi ! mon Cabinet va donc être calciné ou submergé ? Hélas ! c'était mon seul plaisir, ma seule richesse ! Il faisait l'ornement de ma maison, & je lui en fais tous les honneurs ; car il l'occupe d'un bout à l'autre. Je m'en suis presque exilé en sa faveur. Je couche dans un tiroir, pour avoir moi-même l'air d'une Piéce d'Histoire Naturelle. J'ai troqué mon Château contre des Fossiles qu'on avait tirées du sein d'un champ pierreux ; mes Tableaux, contre des Pétrifications ; mes Livres, contre des Cailloux venus des bords du Rhin ; & ma Garderobe, contre une Peau d'Ours des Alpes. Hélas ! Eh ! que me sert d'avoir accumulé tous ces Trésors ? Ils vont donc être la proie d'une Comète destructive ? Encore si ces malheureuses Comètes daignaient s'apprivoiser ! on pourrait, avec le temps, en faire des piéces de Cabinet.

C'est bien dommage, disoit un Amateur Chymi-Physicien, que cette Comète prévienne l'opération que je méditais ! J'ai vendu mes Terres pour acheter des Diamans ; & tous ces Diamans, je me proposais de les réduire en fumée. Il ne fallait pour cela qu'un creuzet & du feu. N'y songeons plus ; la Comète va faire elle-même cette opération. Ce qui me désole, c'est de n'en pouvoir être le témoin. Ah ! lorsque la Physique nous a indiqué le secret précieux de dissoudre le Diamant, pourquoi ne nous a-t-elle point indiqué à nous-mêmes le moyen de ne pouvoir être dissous ?

Malheureusement ce moyen n'existait pas, & le jour critique approchait de plus en plus. L'instant du danger est celui de la réflexion pour ceux à qui il ne l'ôte pas. Isa était belle, jeune & curieuse ; elle avait cette inquiétude de cœur & d'esprit qu'une jeune personne a toujours tant qu'il lui reste quelque chose à sçavoir. Isa voulait être instruite, & Tan-zi, qui l'aimait, ne demandait qu'à l'instruire. Il arrive chez elle, tout hors de lui-même. Sçavez-vous la nouvelle du jour, lui demanda-t-il ? Non. --- C'en est fait de ce Monde & de nous ! -- Comment ? -- Une Comète vient nous engloutir. --- Qu'est-ce qu'une Comète ? --- Je n'en sçais rien. --- Et le monde périra si elle l'approche ? --- Oui, sans doute ; & vous voyez qu'il nous reste bien peu de temps. -- Mais si elle ne vient pas ? --- Mais si elle vient ?

Isa resta quelque temps rêveuse, & Tan-zi argumenta de nouveau sur le danger du retard. Elle fit encore quelques objections, & il y répondit. On assure qu'elle trouva ses raisons décisives, & que Tan-zi eut lieu de juger qu'une Comète n'est pas toujours d'un sinistre augure.

Mais tandis qu'il s'en applaudissait, d'autres Citoyens s'abandonnaient à la crainte. On ne murmurait plus ; mais on s'affligeait. Chacun alors s'examina intérieurement & se jugea sans indulgence, comme sans prévention; chacun se réduisit à son taux véritable. Eh! que de réductions à faire! Le premier tarif qu'on s'était fait à soi-même disparut entierement. Mais se juger n'était rien, il fallait se rectifier. Bien des gens s'y déterminèrent; & cette révolution fut sans doute la plus grande qu'aucune Comète eût jamais opérée.

On vit donc, & ce ne fut pas sans en être édifié, on vit des hommes & des femmes de tous les états, corriger leur ton, leur conduite, & jusqu'à leurs manières. Tel qui avait le ton impérieux parce que son écurie recelait douze chevaux, & son Anti-chambre huit laquais, congédia laquais & chevaux, & trouva ensuite que rien n'était plus aisé que d'avoir le ton courant.

Un homme en place était inabordable & dur. Il sentit qu'une Comète ne respecterait pas la consigne donnée à son Suisse, & dès ce moment il leva cette consigne pour tout le monde. Ce fut encore là un des biens que produisit la Comète.

La Médisante Arpiné avait fait recrue la veille de quelques anecdotes: cette acquisition la mettait à même de désoler cinq ou six femmes pour le moins. Quel trésor pour une Prude médisante! Mais on parla de la Comète: Arpiné tremble: eh! qui le croirait? Arpiné supprima ses anecdotes.

L'Usurier Raffle-tout-zé, avait préparé un bordereau où se trouvait consignée la ruine d'un Pere de famille qu'une circonstance imprévue obligeait de recourir à lui. Mais Raffle-tout-zé jugea qu'un intérêt de cinquante pour cent était un peu fort la veille de l'arrivée d'une Comete. Il supprima donc le bordereau & se restraignit à garder son argent.

Un autre Usurier Millionnaire avait ruiné réellement quelques centaines d'honnêtes Citoyens. Il était fort inquiet sur l'évenement qui menaçait notre Globe. Après tout, disait-il, j'ai assez mal acquis ce que je posséde, & me voici bientôt dans le cas de ne plus rien posséder. Autant vaudrait-il s'exécuter soi-même d'avance. La probité l'exige, & mon interêt ne s'y oppose plus. Alors il calcule, il divise, il subdivise, & met à part ce qui appartient à chacun de ceux qu'il a dépouillés. Me voilà bien en régle, disait-il, & je n'attends, pour effectuer cette restitution, que les derniers signaux de la destruction générae.

Un Joueur Chinois, qui avait perdu au *Vingt-&-un* toute sa fortune, celle de sa femme & celle de trois de ses amis, rentra subitement en lui-même. Ah ! disait-il, je reconnais maintenant que la fureur du jeu est la plus dangereuse de toutes les fureurs. J'en déplore l'usage & l'abus ; & puisque nous n'avons plus que deux jours à vivre, je fais vœu de ne jouer de ma vie.

Parmi ceux que la frayeur troublait & promenait dans l'immense Capitale de la Chine, les Faquirs & les Bonzes n'étaient pas les moins agités. On les voyait errer, d'un air éperdu, sous les voûtes épaisses de leurs Pagodes. Ceux qui se piquaient d'être instruits, raisonnaient & tremblaient ; ceux qui ne rougissaient pas d'être ignorans, tremblaient sans raisonner. On les avait vus, dans des temps de troubles & de guerre intestine, encourager les Peuples, & leur donner même l'exemple du courage ; dans d'autres, annoncer la destruction de toutes choses, & cependant recevoir toutes les choses qu'on voulait bien leur donner. Pour cette fois, ils dérogerent à leur ancien esprit & à leur sage prévoyance : ils crurent à une Prophétie qui ne partait point de leurs Prophétes. Peu s'en fallut même qu'ils ne renonçassent à des richesses qui allaient leur devenir inutiles : mais les Statuts des Bonzes n'admettent nulles restitutions ; & le Chapitre assemblé décida qu'on ne devait point déroger aux Statuts.

Un Mandarin du haut Tribunal regrettait beaucoup & sa place, & l'autorité qu'elle lui donnait, & les hommages que lui attirait cette autorité. Il se reprochait d'avoir été un peu dur envers les Cliens qui venaient lui demander une prompte expédition ; d'avoir été un peu lent à les expédier ; d'avoir plus d'une fois dormi à l'Audience, & de n'avoir pas toujours écouté lorsqu'il ne dormait pas. Je fais vœu, disait-il, si la Comete épargne les Juges & les Tribunaux, je fais vœu, dis-je, de me rectifier sur tous ces points ; quoiqu'au fond il soit assez difficile de contenter certains Plaideurs, d'écouter certains Plaidoyers & de lire certains Mémoires.

Quelques frondeurs qui, par systême, ou par humeur, blâmaient tout ce qui s'était fait & tout ce qu'on pourrait faire ; qui érigeaient tout en affaire de Parti, sans être jamais du parti de la raison ; qui, de leur propre autorité, jugeaient toute espece d'autorité ; qui se p ssionnaient pour les objets les plus indifférens, qui faisaient de leurs opinions une affaire d'Etat; & qui croyaient la fortune de l'Etat attachée à leurs opinions; qui argumentaient comme l'on invective, & qui manœuvraient comme l'on cabale; cette Troupe, dis-je, aurait bien voulu cabaler aussi contre la Comète: mais que faire contre une pareille Puissance? Ils se réduisirent donc à fronder le système céleste, & finirent même par sentir que, vû leur impuissance, leurs déclamations étaient bien ridicules. Ce ne fut pas tout; ils avouerent qu'ils avaient été presque aussi souvent ridicules qu'injustes. La cabale se dissipa d'elle-même. Ah! puisque les Comètes ont le pouvoir de dissiper les cabales, puisse le nombre des Comètes égaler celui des Etoiles fixes!

Autre belle opération de la Comète.

Il y avait à Pekin, comme dans d'autres Capitales, quelques Aprentifs Littérateurs qui, simplement pour s'essayer, jugeaient les plus grands Ecrivains, leur traçaient des régles de goût, & leur distribuaient quelques injures. Cette Méthode leur semblait plus aisée, que de luter contre ceux qu'ils frondaient. D'autres champions, de même force, avaient l'ambition de faire corps : ils avaient, de plus, fait entre eux certain pacte: c'était de s'entre-louer sans pudeur, & d'insulter sans ménagement quiconque ne serait pas au moins affilié à leur cotterie. Mais quelle est la cotterie qui peut tenir contre une Comète? Elle effraya tellement cette Horde de Détracteurs, qu'on les vit déchirer de leurs propres mains leurs Satyres & leurs Eloges, crier merci à la Comète & au bon goût, & jurer solemnellement de ne plus rien écrire. On prétend qu'il n'y eut jamais de plus belle conversion depuis celle des Ninivites.

L'Auteur des *trois Siécles Littéraires*, Siécles bien longs pour ses Lecteurs, parut en public affublé d'un sac, & le corps ceint d'une grosse corde. Il déchirait de ses propres mains, il effaçait avec sa langue toutes les pages de son Livre, où la vérité, le bon sens & le bon goût sont également outragés. Effacez tout, lui cria une voix, secondée d'une infinité d'autres. Messieurs, répondit-il humblement, il y a dans ma Compilation une foule de bévues qui ne sont pas de moi; je ne me charge que des miennes, & c'en est bien assez.

Le

Le ſec & mince Auteur * du *Temple de la Critique* foulait aux pieds quelques lambeaux de cette gothique Mâſure auſſitôt abattue qu'élevée. Il paraiſſait non moins humilié que contrit. Raſſurez-vous, lui cria-t'on ; vous n'avez fait de mal à perſonne. Hélas ! répondit-il, c'eſt ce qui me déſole ; car j'avais eu intention d'en faire, & je crains fort que la Comète ne puniſſe en moi cette intention. Vous en avez déja fait pénitence, lui dit charitablement quelqu'un ; croyez que la Comète comptera pour quelque choſe les huées du Public.

Ah ! s'écriait certain Compilateur

* Sec & Mince ne doivent être pris ici qu'au moral ; car on nous aſſure que le Phyſique de ce Perſonnage eſt précisément l'antithèſe de ſon Style.

de Pièces fugitives, *l'Almanach des Muses* va donc périr, malgré mes décisions, presque aussi sûres que les Oracles d'Etteilla ! * Je ne ferai donc plus cet Ouvrage si commode à faire ? Il n'y avait qu'à se baisser & à prendre dans les fouillis du Parnasse. Je ne pourrai donc plus y louer mes vers & ceux de mes amis ? Je ne pourrai plus ni piller, ni déchirer ceux de mes Ennemis qui enrichissaient ma Compilation ? Mais enfin, le Monde va périr, & j'avais toujours bien prévu que l'Almanach des Muses ne périrait qu'avec le Monde. Quant aux restitutions, je n'en ai point à faire ; je donnais à mes

---

* Fameux Tireur de Cartes à la Chine. Il imprime ses Jugemens comme l'Auteur de l'Almanch des Muses imprime les siens. La Chine entiere se partage entre ces deux inspirés.

larcins toute l'authenticité possible : en un mot, j'imitais Diogène qui dînait aux dépens de Platon & qui crachait sur ses beaux Tapis.

Quelques Auteurs de Drames tristement moraux, attendaient la révolution dans une pleine sécurité. Leur conscience ne leur prescrivait aucune restitution. Je ne crains pas, disait l'un d'entr'eux, qu'on nous accuse d'avoir mis à contribution nos plus fameux Comiques. Si nous ne faisons pas pleurer, du moins ne faisons-nous jamais rire ; & après la Comète, rien n'est plus consternant que nos productions.

Quant à moi, disait un Généalogiste, je n'ai à restituer que des noms : j'en ai enté, à peu près, deux ou trois mille sur d'autres qui leur étaient fort étrangers. Cela ne fait de mal, à personné; & plusieurs s'en trouvent très-bien. Pauvre homme! s'écria quelqu'un, abdique & oublie ta pauvre science!... Elle n'est pas si pauvre, interrompit le Nomenclateur, puisqu'elle a sçu m'enrichir en peu de tems. Ma profession me donne des priviléges uniques, des priviléges que ne donne pas même la Toute-Puissance. Un Roi ne peut créer que de nouveaux Nobles, & moi j'en crée tout à coup d'anciens. On m'en croit sur ma parole, & les intéressés ne sont pas les derniers à y croire. Je suis, tel que vous me voyez, le pere de plus de cinquante familles. Jamais les fictions d'Homère ne furent aussi bien accueillies que les miennes. Ce Prince des Poëtes n'eût pas été réduit à mendier son pain, si au lieu de tracer la Généalogie des Héros morts devant Troye, il eût fait descendre de ces mêmes Héros quelques riches Citadins de sa Ville natale, qu'il n'a pas même daigné faire connoître. Cependant, poursuivit-il, comme il faut que justice se fasse, sur-tout à l'arrivée d'une Comète, je vais anéantir d'avance toute ma postérité. A ces mots il fit un gros bûcher de tous ses Cartons & y mit courageusement le feu. Après tout, disait-il, si une partie du genre-humain échappe à la destruction qui nous menace, & si j'ai le bonheur d'être compris moi-même dans cette partie, j'aurai bien plus beau jeu pour peupler encore une fois la Terre de Familles Nobles. . . . .

Un Musicien qui en était à *son VIIe, Oeuvre*, extirpait de ses Ouvrages toutes les phrases qui n'étaient que de réminiscence. Il porta le scrupule si loin qu'il ne lui resta que l'enveloppe de chaque Livre de *ses Oeuvres*.

Quelques Orateurs qui s'étaient fait un nom en débitant les productions d'autrui, déclaraient hautement qu'ils n'avaient jamais eu à eux que de la mémoire & des bénéfices. La plûpart même regretaient plus les bénéfices que les honneurs décernés à l'Eloquence.

Plusieurs Ecrivains qui devaient leurs succès & leur fortune à la brigue, en faisaient également un aveu public. Ils portaient même la franchise jusqu'à indiquer ceux de leurs Rivaux qui eussent mérité la préférence. Mais une chose les consolait dans cet aveu; c'est que, grace à la Comète, il ne pouvait ni leur nuire, ni être utile à d'autres.

Quelques Auteurs qui avaient plus pillé que produit, s'étaient joints à la foule des Spectateurs: mais ils n'étaient munis que de leurs Ouvrage réels. Par-là, tel Ecrivain qui passait pour avoir enfanté dix Volumes, ne tenait dans sa main qu'un petit nombre de feuillets : tel autre avait les mains absolument vuides : tous demandaient pardon au Public d'avoir voulu l'abuser; tous offraient de restituer leurs larcins. Puissé-je n'avoir que de pareilles restitutions à faire, disait un Suppôt subalterne du Tribunal Chinois ! Vous n'avez pillé que vos Rivaux, & peut-être vos Ennemis ; & moi j'ai pillé mes Cliens : vous n'avez que des phrases à restituer ; & moi il faut que je restitue de l'Or, des Contrats, des Châteaux, des Terres..... Tout cela mérite, sans doute, un peu plus d'être regretté que des mots. Il fut interrompu par une foule d'autres Citoyens qui tous avaient quelque reſtitution à faire. Eh-bien ! oui, diſait l'un d'entre eux, je le rendrai ce Dépôt : il y a trente ans que je le conſerve, & j'avoue que je ne l'avais pas gardé ſi long-temps pour le rendre. Pour moi, diſait un homme du bel air, j'avoue que j'ai pris le nom d'une Terre qui ne m'appartient pas ; mais je ne la rendrai à perſonne cette Terre ; elle n'éxiſte point.

Une quantité prodigieuſe de Citoyens, devenus riches tout-à-coup ſans qu'on ait jamais bien connu la ſource de leurs richeſſes, étaient là ſous la livrée de l'indigence. Puiſque la Nature va rentrer dans ſon triſte & premier état, diſaient-ils, nous pouvons bien auſſi rentrer dans le nôtre : la Comète prendra ſur elle le ſoin d'abréger nos regrets.

D'autre part, ceux qui étaient l'objet

jet de ces différentes restitutions ; étaient disposés à les recevoir, en dépit de l'événement prochain ; mais ceux qui projettaient de les faire, s'en tenaient encore au simple projet. Enfin ils projetterent si long-tems, que le jour indiqué par la prédiction arriva sans qu'ils eussent rien effectué. Elle-même ne s'effectua point. Chacun garda ce qu'il avait, & tout alla comme auparavant, soit dans l'ordre Moral, soit dans l'ordre Physique. On pilla, on barbouilla, on médit, on cabala, on déraisonna, comme on l'a toujours fait, comme on se propose bien de le faire encore. Il n'est pas aussi sûr qu'une Comète choquera un jour la Terre, qu'il l'est que l'esprit humain choquera tous les jours la raison. Nous n'avons que des probabilités sur le premier point, nous avons une foule de preuves sur l'autre.

Mais, à tout prendre, notre Monde, tel qu'il est, vaut encore mieux qu'un Monde inondé, vitrifié ou calciné. Attendons sans impatience la révolution finale ; dussions-nous voir encore l'Abbé S... juger les Siecles, & être nous-mêmes condamnés à le lire.

LETTRE

SUR

LA PRÉTENDUE COMÈTE.

Par M. DE VOLTAIRE.

Défauts constatés sur le document original

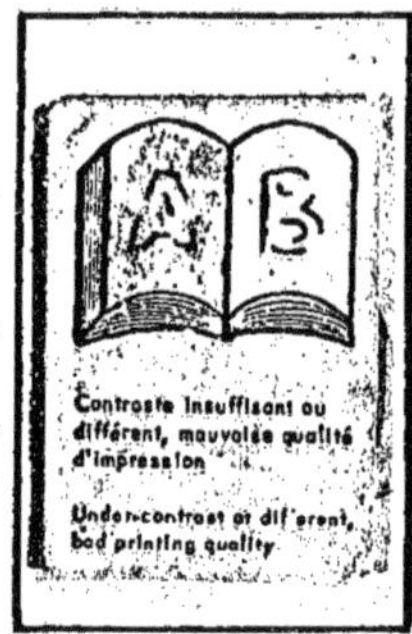

www.ingramcontent.com/pod-product-compliance
Ingram Content Group UK Ltd.
Pitfield, Milton Keynes, MK11 3LW, UK
UKHW020411220726
13923UKWH00004B/1875